지금은 부재중

한국정형시 013
지금은 부재중
ⓒ 김차순, 2019

1판 1쇄 인쇄 | 2019년 01월 18일
1판 1쇄 발행 | 2019년 01월 25일

지 은 이 | 김차순
펴 낸 이 | 이영희
펴 낸 곳 | 이미지북
출판등록 | 제324-2016-000030호(1999. 4. 10)
주   소 | 서울특별시 강동구 양재대로122가길 6, 202호.
대표전화 | 02-483-7025, 팩시밀리 : 02-483-3213
e - m a i l | ibook99@naver.com

ISBN 978-89-89224-45-7   03810

이 도서의 국립중앙도서관 출판예정도서목록(CIP)은 서지정보유통지원시스템 홈페이지(http://seoji.
nl.go.kr)와 국가자료공동목록시스템(http://www.nl.go.kr/kolisnet)에서 이용하실 수 있습니다.
(CIP제어번호 : CIP2019001523)

지금은 부재중

김차순 시조집

이미지북

습한 기온을 다스리는 바람을 불렀다.
눈 에   보 이 는   것 도
귀 에   들 리 는   것 도
입 으 로   말 할   것 도
잊 은   시 간 을   모 은
18년의 긴 세월을 훑어가는 무거운 입맞춤으로…

지 난   것 은   지 난 대 로
잃 을   것 은   잃 은   대 로
흩 어 져   소 리   없 는   약 속 처 럼
2   0   1   8   년 을   보 내 며
지 난   시 간 을   묶 는 … ,
아   !   바 람 이 다 .

2018년 12월

김 차 순

지　　금　　은　　　　　　　부　　재　　중

제2부 | 사유의 내시경으로

제4부ㅣ 블랙홀로 사라진다

제5부 이제야 새 살이 돋는

■ 해설_오종문

제 1 부

미필적 고의를 묻는

테오의 사랑

절망과 꿈이 서린 아를의 노란 집에
그리움 범벅이 된 사내의 절규 있다
끝내는 재가 된 생이
별빛으로 반짝일까

영혼을 응시하던 열네 송이 해바라기
밀밭길 까마귀 떼 어디로 날아갈까
강렬한 빛으로 만날
흐르트에서 오베르*까지

* 고흐는 네델란드 브라반트 지방의 작은 마을 흐르트에서 태어나
  오베르에 있는 묘지에 동생 테오와 합장되어 묻혀 있다.

13

관계
— 미련

뗄 레도 뗄 수 없는 내 안의 적이 많아
무시로 바람 편에 떠밀려 온 풍문들이
오늘도 천연덕스레
명치 끝을 치받는다

언젠가 야윈 목선 그 경계를 휘감다가
막막한 벽 앞에서 또 하나의 점을 찍는
낯익은 기억 하나가
숫기 없이 찾아온다

날마다 밑줄 긋는 미련이란 단어들이
덧없이 묻어버린 눈물일까 너무 두려워
미필적 고의를 묻는
너와 나의 비거리

보낸 뒤

마른 잎들마저
생각이 무거워지는

가을 끝자락에
우두커니 지키고 선

조락한
메타세콰이어
성자처럼
겸허하다

소금꽃

무량한 햇살들과
바람이 살다 간 자리

염부의 옹고집이
피워 낸 하얀 눈꽃

빛나는 눈물의 미학
기다림의
결정체

라인교향곡

라인의 스케르초* 천둥을 재우는 듯
본 쾰른 뒤셀도르프 언덕 너머 로렐라이
골 패인 바람 속에서 기치를 앞세우네

시인의 연가 같은 성스러운 묵언기도
강물의 깊고 푸른 오래 된 바람 속에
슈만의 슬픈 메아리 제방 둑을 넘는다

적막한 밤하늘의 별빛 모의 끝내고
절정으로 내달리는 툭, 터진 영감 속에
혼불도 자지러지는 어룽진 슬픈 착란

*스케르초 : 음악 용어로 '매우 온화하게'.
*독일 작곡가 '슈만'이 사랑하는 아내' 클라라 비 크'와의 행복한 결
혼생활이 삶의 어려움을 이길 수 있었음을 자축하며 작곡했던
'라인' 〈슈만의 교향곡 3 번〉.

가을 한계령

억새풀 아우성이 하늘 받쳐 든 한계령
계곡을 차오르는 바람들이 산 넘을 때
사사삭 <u>으스스스스</u>
가을이 오고 있다

그 풍경 단풍 속에 고사목도 꽃이 되고
저 아래 포복하는 길도 풍경이 되는
생목숨 불꽃을 피워
축제를 열고 있다

아직도 갈 길 먼데 눈 붙잡고 발을 묶는
불타는 가을 산 두고 나 어찌 돌아갈까
이내도 어쩌지 못해
마음 한쪽 물들인다

연서

꽃물 밴
는개비가
연서를 쓰고 있다

한 마음
꾹꾹 눌러
또박 또박 쓰고 있다

아득한
가을빛 하늘
물들이며 쓰고 있다

외면

남의 옷 걸친 듯이 엉거주춤 맞닿은 곳
애써 말을 안 해도 알 것 같은 그대 시선
또 하나
헤게모니의
그 시작을 알린다

후세인의 최후 통첩 힘으로 맞서갈 때
반칙이 반칙을 낳는 절망의 끝을 보며
등돌린
사람과 사람끼리
산출하는 그 일들

알 사람은 다 안다고 핏대 세워 말을 하고
뛸 사람은 또 뛰면서 너도 나도 웅성웅성
그것 참
백미가 주인 된
그 사실을 알까 몰라

본향으로
―친정 어머니를 여의고

곰삭힌 오랜 날을 마음 심지 태우더니
단아한 풀빛 적삼 곱게 차려 입으신 채
늦둥이 막내의 눈물 닦으시며 웃었다

혼절할 이야기만 무성한 인곡 하늘
그날의 이슬처럼, 바람에 눕는 풀처럼
가을빛 하늘길 따라 약속처럼 가셨다

잊어라 잊으라고 또 잊어라 말씀하던
먹먹한 시간 속에 그 목소리 살아 와서
그리움 흔적을 따라 한 산맥을 넘었다

* 경남 마산시(현 창원) 인곡동 소재 공원 묘원.

수재, 그 자리엔

참매미는 어데 가고 태풍 '매미'가 와서
쉼터는 늪이 되고 배는 산으로 가고
도시는 둥둥 떠다니는 매스컴에 잠겼다

급박한 경적 소리, 깜박인 마지막 불빛
물 속에 잠겨 가던 자동차 구조 신호는
그들을 지하에 가둬 주검으로 만들었다

문명의 자존심을 여지없이 짓밟아버린
뉴스 속보가 날라다 준 구호품 그 배후에
언제나 그러하듯이 매미는 또 올 것이다

* 2003. 9. 만조와 맞물린 마산을 강타한 태풍 14호'매미'.

상처

그 아픔
말로 못 할
상처를 다 주고도

광암의 연가로 부른 모래성의 푸른 파도

부대껴
으스러져라!
저 빛나는 노을빛

*광암 : 경남 마산시 진동면 소재 해수욕장명.

가포, 샹송이 흐르는

단풍차 마시는 집
언덕 위 맷돌찻집
걸쭉한 목소리의 왈가닥 루시 아줌마*
구수한 수제비 뜬다
꿈 한 사발 빚는다

예스런 대청마루 풍물패 북채 너머
해안선 파도들이 밀려 왔다 밀려 가는
청춘의 물감을 풀던 휘파람새 이야기

시월 상달 밤늦도록
색종이로 접던 시간
무량의 은빛 하늘 찻잔 속에 고여 가는
소박한 샹송 고엽*에
가을밤이 깊어간다

* 경남 마산 가포바다 언덕 위 찻집 '맷돌' 여주인 별명.
* 프랑스 대중가수 '이브 몽땅'이 불렀던 샹송명.

24

햇살 아래서

단풍물 드는 한낮 그 옆에 곁눈질하는
달력 속 반라半裸 여자 반달처럼 웃고 있다
내 사랑
금빛 햇살에
드로잉을 하고 있다

절정의 가을에는 얼룩도 고운 무늬
내 딛는 발걸음마다 밑줄을 긋고 싶은
내 마음
저문 황혼이
풍경되어 펄럭인다

그 아래 멀구슬나무 단단한 껍질을 벗는
저 앞산 긴 그림자 꼬리 해를 끌고 가면
때늦은
시위 당긴다
그대 떠난 빈 과녁에

사랑은

경계가
아득할수록
더욱 그리워지는

가뭇한
기억들이
일제히 터뜨리는

유예된
생명의 탄원서
온몸으로 받든다

제 2 부

사유의 내시경으로

지금은　부재중
커　　피　　향
어　느　　하루
가포, 계절이 바뀌면
올 림 픽 대 교
　비가　내리고
가　시　바　람
빈곤, 다시　찾아온
네　통의　편지
매　　　　　듭
등나무를　보며
오　롬　　마
그　길을　가다
봄꽃　환한　날에

지금은 부재중

들는 것 보는 것도 긍휼히 말하는 것도
미혹에 이끌려 산 후회뿐인 약속의 말씀
아직은 때가 아니다
회개하고 회개하라

하루가 천 년 같고 천 년이 하루 같은*
지금은 부재중인 어둠 같은 나의 존재
때 되어 드러낼 날이
새벽처럼 오리라

들는 것 보는 것이 말하는 것 하나로 풀려
얽힌 것 설킨 것들 내 안에 물로 스밀 때
하늘이 큰소리로 울고
이 땅 위에 드러나리*

* 베드로후서 3 : 8-9.

커피향

누런 갱지 속으로 파릇한 봄이 왔다
프리즘 빛이 된 봄 바가지로 쏟아내며
휘슬을 불며 오는 봄
소리 없는 약속이다

르 와과 콜롬비아 진한 에스프레소
이제는 안녕이라고 말하지 않아도 될
찻잔 속 커피향에도
수줍은 봄이 왔다

빈혈의 밤은 가고 먹먹한 바람 불어와
쩍쩍 갈라진 마음 그 틈을 비집고 온
홀로 깬 아침을 모은
풍경 속 데칼코마니

어느 하루

사람이 또 사람을 아프게 한다는 것
죽기보다 더 힘이 든 사람과의 오랜 단절
밤하늘 선명한 별빛 글썽임 보고 알았다

외로움이 웃자라서 잡초밭 될 때까지
과거의 얼굴들이 하나 둘씩 끌고 가는
내면의 밑바닥 깊이 파도처럼 출렁인다

죽음의 의식 속에 잠깐 잠을 잔 것 같은데
넌지시 손을 내민 교차로의 밤이 깊어
그리움 쏟아낸 자리 어둠 하나 일어선다

고요 속 빈 둥지를 파고드는 기계 소리
거친 호흡 잠재우고 팽팽한 활시위 당긴
사유의 내시경으로 들여다 본 어느 하루

가포, 계절이 바뀌면

하얀 이마 드러내고 씨익 웃던 바닷바람
물비늘 반짝이며 별이 되어 출렁인다
그 여름 핏빛 그리움 가을 언덕 넘는다

단풍보다 더 붉어진 가포바다 파도 소리
서늘함 거둬 놓고 선착장은 눈을 뜬다
옛 시인 흔적은 없고 노래만이 출렁인다

천년의 자존심을 꿋꿋하게 지켜내 온
바다를 안고 사는 가포 사람 인정들이
한 계절 바람을 따라 밀물되어 합류한다

올림픽대교 비가 내리고

안개 속 올림픽대교 속절없이 젖고 있다
난간과 난간 사이
떨어지는 가을 비가
빨갛게 물들어 가는 마음의 길을 낸다

아련한 대답 속에 서 있던 먼 그대여
홀로 떠나간 자리
다시 비가 내리고
오래 된 기억의 방에 물안개가 피어난다

가시바람

통풍구 가장자리 숨 막히게 달라붙은
뜨거운 광고지 속 그녀가 빠져나와
마모된 지퍼를 올린다
늑골이 미어지도록

튕겨져 나온 실밥 하나 하나 뜯어내면
한 땀씩 기워 온 길 지문처럼 남은 자국
메마른 말씀의 울타리
가시 돋친 바람 분다

쾰콸한 저음들을 섬처럼 바다처럼
져 나른 파도 살을 더께로 앉힐 때면
느긋이 벼리던 보법
이냥 두고 지나간다

빈곤, 다시 찾아온

목젖을 담금질하던 겨울강의 목쉰 소리
헐거운 뒷모습만 빈 가슴에 채워 가는
가벼운 외투 주머니 남겨 둔 동전 몇 개

모두가 떠나 버린 빈 역사의 플랫폼엔
온몸을 관통하던 고요만이 살아 오고
후미진 가로등 불빛 소낙비에 젖는다

멀미 난 세상살이 숨죽여 울던 그때
지상의 회오리바람 허공을 차오르고
먼 기억 가득한 어둠 별빛으로 서성인다

네 통의 편지

—고흐에게
아를의 미치광이 채색한 거친 붓놀림에
하늘에 소용돌이 치는 별들이 폭발하는
어둠과 고통을 깨운
영혼의 사리였나요?

—고갱에게
노숙자 해바라기 그대의 뜨거운 독백
"우리는 어디서 왔고 무엇이며 어디로 가는가?"*
타히티 슬픈 열대는
원시의 서사시인가요?

—샤갈에게
연인의 발밑에 깔린 잿빛의 회색 도시
동그란 까만 눈의 마을에 눈이 내립니다
벨라*의 빛과 어둠은
색채의 마술인가요?

─그리고 모차르트에게
달콤한 입맞춤을 그대에게 보냅니다
본능을 자극하는 레퀴엠, 디베르티멘토
전율 속 클라리넷 협주곡은
길 위의 은총인가요?

* 고갱이 타히티에서 마지막 유언으로 여기며 제작한 작품명에서
  따옴.
* 벨라 : 샤갈의 아내.

매듭

곧으면 꺾일까봐 우회로 돌았다가
가 닿지 못할 약속 굵고 짧게 엮어 가면
행여나 다시 풀릴까
콕콕 여며 새겼다

곧으면 곧은 대로 꺾이면 꺾인 대로
갈래져 고아 놓고 다림줄에 매달아
나비장 안주인 되어
묵언으로 앉아 있다

등나무를 보며

등나무 속잎들이 붉고 푸른 귀를 연다

가슴뼈 돌돌 말아 한 뼘 한 뼘 길을 내고

단단한
갈등을 풀어
피워 내는 보랏빛

오롬마

늦둥이 그 재롱에 웃음꽃이 만발했다
애틋한 눈빛으로 작은 입술 실룩이며
언제나 우리 엄마를
'오롬마'라 불렀다

부르면 들릴까봐 손 뻗으면 만져질까
물무늬 별빛 구름 종종걸음 앞세우며
손잡고 걷던 길 따라
그 길을 걷고 싶다

가등의 불빛마저 곤히 잠든 골목에서
가만히 돌아보면 속울음 따라 오실까
먼 나라 그림자라도
안고 싶다 '오롬마'

*오롬마 : 엄마를 지칭하던 나의 사투리 버전.

그 길을 가다

성처럼 쌓아 올린 잃은 것 애타지 않아
오롯이 맞부딪친 모래바람 날려버린
낙타의 관절 소리로 하루해가 저문다

부대낀 형질변경서 도장을 누르던 날
천 근의 발걸음이 에돌아서 당도한 곳
불기둥 그 길을 가며 지난날을 돌아본다

평안이 기쁨이라 네 울음을 안아 본다
그 이름 불러주면 어딘들 못 갈 건가
담담히 두 귀 모으고 들으리라 들으리

가다가 힘이 들면 그대 얼굴 그려 보고
좋았던 기억들을 신기루로 떠올리며
오늘 또 사랑의 완성 길 위에서 만난다

봄꽃 환한 날에

붉은,
고요가 흐른다
아득한 탯줄의 기억

한가득 별무리가 바다 위에 쏟아질 때

날마다
만삭의 배를
풀고 있는 합포만*

기억의
저 편에서
피어나는 풀 꽃 별 달

아이가 어미 되어 한 문장을 완성 시킨

뜨거운
그리움들이
심장으로 수혈된다

제 3 부

아득한 숲을 헤치고

사라진 지문

—유언

백 년을 산 모과나무 앞세워 끌고 가던
15년 전 홀연 떠난 십이월 이십오일
육남매 족쇄를 풀고 소지처럼 날아갔다

모로 세워 돌려야만 들리던 낮은 소리
'푸른 하늘 은하수 하얀 쪽배*'는 없고
중저음 목소리 꺾인 바람만이 아득하다

마지막 순간까지 말로 못한 눈빛 언어
한 생이 고이 담긴 텅 빈 유리 항아리에
옛집의 주인은 없고 그 지문만 살아 온다

* 동요 「반달」에서.
* 시댁 앞마당에 일백 년 넘는 모과나무가 있었다. 해마다 모과차
  를 담궈 겨울을 나시던 어머니가 한마디 남기지 못하고 운명하신
  지 15년째, 그 옛집의 주인은 이제 가고 없다.

어떤 체위
―포옹

한낮 뙤약볕 아래
너는 나의 아바타

내 안에 너를 품고 불같은 사랑할까

절정의 끝에 다다른
한 포옹을 보고 있다

외발로 일어설까
두 팔로 안아줄까

성스럽고 아름다운 노부부의 늙은 생애

허기진 지독한 사랑
오열하며 끓고 있다

* 극사실주의 조각가 마크 시잔(Marc sijan)의 작품 〈포옹〉.

마른 잎 편지

서랍의 손때 묻은 봉투 속의 아들 탯줄
잘 말라 보기 좋은 네 분신이 건네 주는
오래 된 마른잎 편지
두 손으로 받았다

뼈와 살 젖줄 감고 큰 울음을 터트린 날
너와 나 눈맞춤이 아직도 선연히 남아
무시로 전율이 된 채
이 가슴을 떨게 한다

세상과 마주 서며 걸어가는 그 길 위해
첫 정의 부푼 꿈에 모든 것 다 주고도
마음은 늘 허전해서
회신 붙여 읽었다

문득, 그립다

저 빈들 고요 속에 피어난 그리움으로
건넛산 물푸레나무 빗소리로 듣는 고백
아득한 숲을 헤치고 메아리가 번져간다

숲의 자궁 속에 모여 살던 풀잎들이
난장 치며 놀고 있는 아득한 바람의 끝
그 모든 경계를 뚫고 내 유년이 자라난다

마산灣

여름이 오는 길목
왜 이리 시려운가

온종일 키질하는
바람만이 놀다 가는

그리운 갯비린내가
오랜 안부 묻고 있다

어미의 젖가슴 같은
마산만 찾아왔지만

만조로 출렁이는
내 마음 둘 데 없어

섬처럼 외로워지는
파도 소리 듣는다

韓탁배기

두월동 골목길 어귀 이스름이 닻 내리면

걸쭉한 막사발에 넘쳐나는 7080 가락에

또 다시
불콰해지는
합포 바다 사람들

*경남 창원시 마산합포구 두월동.

바람의 언덕

사는 날
뼛속까지 파고드는 오한 같은

바다의
천둥 소리 훔쳐 온 기억의 저편

아무도
흔들 수 없는 시간의 꽃 피었다

친구 얼굴

동그란 짝지 얼굴
하얗게 그려 놓고

연필심에 침 묻히며
눈, 코, 입 새긴 시간

날마다
지우개로 지워도
떠오르는 친구 얼굴

하늘 시계

동구 밖 둥구나무
파아란 하늘 시계

열두 시 밥 달라고
웽 웽 웽 투정한다

밭 갈던
엄마 아빠도
덩달아서 바빠진다

여름

쪼로롱 아기 비에
간지럼 타는 나팔꽃

파랑 귀 쫑긋쫑긋
화알짝 길을 내면

더위도
무등을 타고
실로폰 소리 낸다

8월의 신부
— 2013년 8월 17일 토요일 13시, 딸 결혼에 부침

어느 날 네 마음과 하나로 통했을까
사랑의 이름으로 먼 별에서 내게로 온
배냇짓 미소를 짓던 풀꽃 같던 아가야

때로는 비바람이 눈보라가 몰아쳐도
기쁨의 노를 저어 하늘의 문을 열고
눈물을 마름질했던 은혜로운 강나루야

풍경 속 그림 같은 빛나는 보석상자
네가 지금 내 딛는 한 걸음 한 걸음이
불 밝힌 8월의 신부 축복의 통로였네

그 날이 오늘이라 온몸으로 마중하는
세상과 소통하는 희망의 빛이 되고
날마다 행복을 짓는 꽃길만을 걸어라

아가야!

1. 연박 시온
햇살의 약속 같은 싱그러운 두 귀 쫑긋
학문과 교양이 깊고 넓어 지혜로운
시온의 대로를 펼쳐 세상을 호령하렴

2. 연박 이든
찡긋 눈을 감고 벙그레 웃는 얼굴
"아이 좋아" 손뼉 치니 덩달아 발구르네
착하고 어진 이든이 세상을 통치하렴

* 연延·박朴 : 사위와 딸의 성姓을 부친 손주들 성으로, 학문과 교
  양이 깊고 넓다는 뜻의 '淵博연박' 활용.
* 시온(Zion) : 축복의 통로.
* 이든(Eden) : 지상의 천국. 착하고 어진 뜻을 가진 순우리말 활용.

남·편

"아니야 맞다 맞아 내 말이 맞다니까"
앞을 보면 남편인데 뒤를 보니 남의 편이라
"참말로 요상한 말 땜시 내사마 몬 살 것다"

벗처럼 이웃 되어 길동무한 세월 동안
강약약 중간약의 셈여림 스타카토
그것은 현란한 독백
음 이탈 방지였네

시간이 갈 때까지 남겨 둔 딱 한 가지
시렁 위 묵은 악보 슬그머니 내려 놓고
창문을 활짝 열었다
바람들의 저 난타

결과

아무도 넘볼 수 없는
투표지 (人)을 찍는다

"너 때문이 아니라 나 때문"에 좋은 세상

생각의
단추를 누르니
내가 주인이 되었다

제 4 부

블랙홀로 사라진다

바람꽃

어김없이 계절병이 다시 도지나 보다
반기지 않아도 문 열어 주지 않아도
화려한 꽃잎을 열고
한 무더기 피어났다

수식어 필요 없는 길 하나 열어 놓고
내 삶의 간이역이 긴 기적을 끌고 가는
이 여름 풍경을 두고
슬피 지는 꽃이 있다

울림

위기가 깊을수록 반전은 짜릿하다

"잠시만요, 말을 걸어 주세요. 지금"*

생명의
고샅길 같은
한강대교 가변차선

* 한강대교 가변 난간에 적힌 '자살방지' 문구에서 차용.

블랙홀

정지된 그 시간은 말을 하지 않는다
생각이 겹쳐진 대로
마음이 주어진 대로
모른 척
접었다 펼쳤다
산다는 게 그런 걸까

스치며 지나가듯 생각할 일 참 많아도
잊으면 잊은 대로
잊히면 잊힌 대로
되감아
다시 보기 없는
블랙홀로 사라진다

* 불의의 사고로 유명을 달리한 영화배우 고故 김주혁의 뉴스를 접
하면서.

밤손님

그날 밤 손님처럼 찾아온 시구 한 줄

눈 뜨면 사라질까 꼭 쥐면 부서질까

생각만 엎치락뒤치락 그만 놓쳐 버렸다

다시 또 눈 감으면 행여나 만나질까

맘 죽여 기다리던 내 시 항아리에는

아득한 밤손님처럼 별빛들만 다녀갔다

주상절리

내 안의 섬이 되어
기다림을 배워 가던

하늘 끝 주상절리
쐐기처럼 박힌 사랑

뭍바람 애월 바다의
오래된 약속 같은,

오름의 빛과 바람
뿌리 채 뒤흔들던

벼랑 위 통성기도
네 안에 닿았을까

세풍에 견딘 흔적이
바위로 자리 잡았다

유츄프라카치아
―애니 설리번 연극을 보고

만지면 터질까 봐 눈으로만 안아줬다
찢어진 시간들이 덕지덕지 달라붙어
우수수 쏟아진 적막
가을 속에 저물었다

사람과 사람 사이 수없이 잊어야 했던
형벌의 화인 자국 만지고 또 만지며
결벽증 골 깊은 생애
그리움이 되어 갔다

날마다 녹아 내려 사라지는 너를 위해
슬픔의 유빙 조각 풀씨처럼 날아갈 때
영혼은 그물을 깁고
그림자로 닿았다

*유츄프라카치아 : '사람의 영혼을 갖고 있는 식물' 아프리카 토속
어. 결벽증이 심해 지나던 다른 생물체가 조금만 건드려도 바로
말라죽어버리지만, 어제 만졌던 그 사람만이 내일도 모레도 지속
적으로 만져 줄 때 죽지 않는 특성을 갖고 있다. (기적의 헬렌 켈러
를 탄생시킨 스승 '애니 설리번'이 있기까지 또 다른 사랑의 이야
기가 담긴 연극 제목.

삿포로에서

꽃들의 이름으로 부르는 겨울의 끝
밀봉된 그리움을 열어보는 러브 레터
후라노 보랏빛 봄은 그렇게 왔나 보다

안녕 잘 지냈느냐 친구 손을 맞잡으면
해묵은 안부들이 바람으로 술렁이고
봉인된 약속을 푸는 이 눈길이 환하다

그리고 남은 것은 저 파도에 던져주고
가만히 메아리치는 그대와 나 오랜 우정
삿포로 라벤더 향처럼 가슴 속에 깊어진다

소리

빗소리 듣고 싶어 두 귀를 다 열었다
때를 기다리면서 귀를 연 능소화가
칠월의 실개천 따라
열병처럼 번진다

잠든 늪을 깨우는 풀잎들의 변주곡에
저 홀로 깊어지는 비바체 아다지오
한 줄의 현을 더한 사랑
너와 나의 아바타

빗소리 듣고 싶어 마음 귀를 다 열었다
박토 된 가슴 위로 처연히 내리는 비
마지막 꽃눈 틔우는
내 삶의 아카펠라

무개념

뭐가 그리 급한 걸까 위아래가 사라졌다

세 치 혀 돌돌 말려 할 말을 다 못하는

중독성

커뮤니케이션

"맘 대디 방가 방가!"

봄 소식

꽃가지 뭉텅 잘라
졸고 있는 창가에 앉혔다

구석진 베란다 관음죽도

툭
투 둑

뿌리 채 날개를 펴고
혹한을 벗는 소리

Heralding Springtime

A handful of flowers chopped
Sit on the sleepy window sill.

Little fan palms in the veranda corner,

Rap
Rap-tap,

Stretch from their roots to wings.
The sound of shedding the bitter cold

* written by Chasun-sijoel
* translated by Eun Kim

짝사랑

모든 것 쏟아내라
그대 사랑 얻기 위해

부표 같이 떠돈 마음 화농진 그 자리에

생살이
차오르도록
모든 것 쏟아내라

모래시계

제 속을 비워내고도 다시 채워야 하는
슬거운 마음들이 시간 속에 갇혀 산다
호로병 완성을 위해
또 채우고 쏟는다

뒤집어 세상 보면 바로 보일까 뒤집고
새 시간을 갈구하는 간절한 바람으로
벽 안에 갇힌 사람들
또 뒤집어 놓는다

바다의 집, 통영

바다로 향하는 길 인평동 마을 뒤편
굴 껍질 담벼락이 하늘에 맞닿아 있다
수국도*
작가촌 이야기
섬이 되어 떠 있다

무성한 숲을 이룬 동피랑 벽화마을*
강구항 붉은 노을 물결 따라 너울대는
윤이상
동백꽃 바다
뚝! 뚝! 지고 있었다

* 수국도 : 유명 연극배우 개인 소유로 자신의 딸 이름을 딴 섬으로
야트막한 언덕의 오솔길을 따라 유명 시인들의 작품과 꽃이 어우
러진 작은 섬.
* 동피랑 벽화마을 : 예술인의 고장을 체감할 수 있도록 벽화 공모
전을 통해 만든 '통영의 몽마르뜨.'

댓돌 위 찻집

댓돌 위 그 찻집에 해거름이 찾아든다
단풍 든 한 여자가 수구水舊를 털어 내고
빈 가지 어디쯤엔가 또 한 생을 달고 있다

오래된 찻잔 속에 꼬리해가 들어 앉고
쉬이 숨이 가쁜 소리꾼과 소리 사이
말없이 따라나서는 이 저녁이 푸르다

한 번도 만난 적 없는 접질린 생의 무게
살고 죽는 일이 창밖의 바람인 것을
엄지를 치켜세우는 숨바꼭질 넌 술래

시골 목욕탕에서

갖출 건 다 갖춘 최신식 사우나라고
입 맞춰 자랑하는 고성 배둔* 목욕탕
소박한 시골 할머니
잔정에 묶인 하루

온냉탕 족욕탕에 피곤한 몸을 담그고
고단한 하루의 노동 때수건으로 씻어 내면
남루한 필생의 생이
거울처럼 빛난다

돌처럼 굳은 마음 면도칼로 후벼낼까
손톱 밑 아프게 박힌 가시를 뽑아 낼까
온몸에 퍼진 통증이
봄눈 녹듯 사라진다

제 5 부

이제야 새살이 돋는

바람의 말

타악기 음색 같은 바람의 말에 끌려
간신히 새로 걸친 외투자락 시려온다
순은 빛 언어의 음계
파열음만 내고 있다

무너진 지상의 꿈 앞섶에 여며 놓고
화사한 겨울 햇살 홀홀 털고 비상하는
눈부신 철새의 군무
나만의 환영일까

전신이 마비되는 사이비 종교처럼
불치의 병이 되어 수습할 수 없다 해도
저물녘 사막을 가는
낙타처럼 걸으련다

화진포에서

골 깊어 읽지 못해 안부가 된 푸르른 날

당겼다 놓아줬던 그 마음 둘 데 없어

눅눅한 파도의 기억 침묵 속에 담았다

한 뼘씩 멀어지던 풍경처럼 걸린 낮달

길동무 말동무로 마음을 토닥일 때

아직도 해독 못한 글 사람의 길이 됐다

눈과 귀

문을 닫았다가
그 문을 또 열었다
문을 닫았다 열고 또 문을 열고 닫았다
바람이 소리를 내고
그 소리가 귀를 연다

눈을 감았다가
감은 눈을 다시 뜬다
떴던 눈 감았다가 감았던 눈을 뜬다
길마중 눈의 길 따라
많은 길이 펼쳐진다

가까이 더 가까이
보일 듯 들리는 듯
문 열고 눈을 뜨고 꽉 막힌 귀를 열 때
세상의 담이 헐리고
마음 속에 길이 난다

다시 만난, 의자
—갤러리 두모악에서

구름이 흘러가는 해변의 언덕에서
훌러덩 드러누워 말을 거는 억새들과
들판의 바람 의자에
김영갑을 앉혔다

바다의 파도 소리 불러오는 용눈이오름
덩달아 춤을 추는 해무의 물그림자가
채색된 피사체의 창
넌지시 맞잡았다

아아, 보일 듯 말 듯 굳어 간 질풍의 시간
무수한 섬 이야기 가슴에 끌어 안고
필름 속 벼랑 끝에서
해오름을 읽었다

퇴고

길 가다 지친 발걸음 마침내 멈춰 섰다
누가 세우지 않아도 그렇게 멈춰 섰다
조금씩 철이 들 무렵 물컹거린 발길로

비탈진 길을 걷다 헛발 디딘 생의 평발
움푹 팬 그 자리에 눈물 뿌려 소독하니
뼈아픈 상처들만이 별이 되어 떠 있다

"세상일 다 그렇다"고 누군가 말했지만
남 말인 줄 알았는데, 그렇게 믿었는데
쉽고도 어려운 순리 이제서야 캐묻는다

보고도 못 본 척했던 초라한 행색 두고
큰 나무 그늘이 준 아득한 행간의 쉼표
가난한 경전으로 읽힐 아름다운 노래다

거울 속 여자

그 여자 거울 앞에 다소곳이 앉아 있다
알 듯 모를 듯한 묘한 표정 지으면서
익숙한 손놀림으로 새 화장을 시작한다

메마른 입술 위에 립스틱이 발라지고
봄볕 아침 세상을 그 여자가 걸어간다
살얼음 건너가는 듯 먼 길을 떠나간다

그 동안 헛된 것만 채우고 또 좇았던가
비우고 놓아버리는 그것을 알았을 때
거울 앞 또 한 여자가 풀꽃처럼 웃고 있다

권태기

시치미 뚝 떼고 제 몸 안에 들어 앉은
보기에도 지친 시편들 날마다 읽노라면
늦가을 헛헛한 속내
주저리 풀어진다

저녁을 에워싸는 눈금 없는 대저울이
릴케를 읽어 가는 아득한 눈빛 너머
늑골과 쇄골 사이에
문장이 와 박힌다

얼부푼 사람들의 시답잖은 세월 얹어
평생 헛걸음으로 살아온 서러운 생애
육필로 다 베껴 쓰는
저 시편의 말씀들

그림자

한나절 태양 아래 정오가 맞물리면
은근 슬쩍 들끓었던 속내도 작아져서
명쾌한 접점을 찾는
또 하나의
나의 분신

시야에 사라져도 같은 길을 따라 오는
언제나 잠들지 않는 소리 없는 오랜 친구
화선지 먹물 번지듯
그 가운데
내가 있다

그 남자
―이별 이야기

해 지면 갈 곳 없는 작은 마을의 빈집
절절 끓는 몸살기가 시름 풀어 놓던 날
아뿔사!
꿈을 꾼 걸까
헛것을 본 걸일까?

그 여자 회오리친 마음의 잔해만이
무릎과 무릎 사이 주인처럼 들어앉아
삐거덕 소리를 내며 관절통을 앓는다

세월 텅 빈 애기집이 허물을 다 벗던 날
네 속에 내가 있어 씨방은 절로 익는가
철커덕!
채운 자물쇠
잃어버린 바람이다

십년 후에

또 하루 견뎌낸 상처 별똥별로 떨어질까
포자처럼 번져가던 메마른 그대 모습
애꿎은 변명 같은 건 처음부터 없었다

못 받을 답장들만 써 가던 미명의 시간
풀죽어 머뭇대는 기억들은 해체된 채
버려진 원고지 위에 떠 있는 삽화 한 점

한순간 불이었을 그리움이 꺼져 가면
내 안의 숯덩이는 무엇으로 피어날까
이제야 새살이 돋는 네 목소리 들린다

행간行間

마법의 창을 열던 열쇠를 또 훑는다
헐렁한 저녁 바람 쏴한 소리마저
우르르 달려나와서
고요를
털고 있다

귀가를 서두르는 목이 긴 행렬 속에
애면글면 부대끼던 자음과 모음 사이
마음의 섶다리 건너
화들짝
끌고 온다

한 뼘씩 지워 놓고 한 줄씩 그어 대던
강렬한 쪽빛 언어 되오는 눈맞춤도
잠잠히 지켜보던 눈
이웃처럼
서 있다

우전차雨前茶

찻잔 속 그대 음성
찻물이 끓는 소리

귀 익은 운율 속에
맞닿은 별빛 담아

인계점 수위를 넘는
산문散文 속에 담는다

바람이 지나온 길
되짚어 돌아간 길

기별 없어 타오르는
초록의 열정들이

그윽한 향기로 남아
지문의 밤을 깨운다

붉은 남천

창가 어긋난 잎이 무성히 자라나서
생 바친 실바람이 일렬종대 배수진 친
여름밤
빗장을 풀어
저 홀로 붉은 남천

무던한 몸 피 섞어 드리운 커튼처럼
창 밖 세상을 가린 도시의 깊은 침묵
홀연히
울컥 피워 낸
선량한 시 한 구절

청도아리랑

열사흘 달이 차면 저리도 붉은 걸까
애꿎은 마음들이 창을 넘는 성근 날에
아득히 먼 길 돌아서 달려 온 협궤열차

아라리 아라리오 아리아리 아라리요
징치며 따라 나선 소 떼들의 한낮 유희
이 가을 장마당에서 익어가는 청도역驛

삶의 지평을 여는 말의 곡진함과 믿음의 시

오종문_시인

삶의 지평을 여는 말의 곡진함과 믿음의 시

오종문_시인

1.

　김차순 시인은 2001년 〈시조문학〉 신인상 등단 이후 꾸준히 작품 활동을 해왔다. 그럼에도 그의 시조집을 접할 수 없었다. 그 이유는 '시인의 말'을 통해서 어느 정도 가늠할 수 있다. "습한 기온을 다스리는 바람을 불렀다. 눈에 보이는 것도, 귀에 들리는 것도, 입으로 말할 것도 잊은 시간을 모은 18년의 긴 세월을 훑어가는 무거운 입맞춤으로…,//지난 것은 지난대로, 잃을 것은 잃은 대로 흩어져 소리 없는 약속처럼 2018년을 보내며 지난 시간을 묶는…, 아! 바람이다"면서, 지금까지의 삶이 결코 평탄한 길이 아니었음을 은연중 암시한다. 첫 시조집 『지금은 부재중』은 시인 스스로도 감당할 수 없는 정체성에 흔들리고, 말로 표현할 수 없는 산고 끝에 태어났음을 미루어 짐작할 수 있다. 제1부 '미필적 고의를 묻는', 제2부 '사유의 내시경으로', 제3부 '아득한 숲을 헤치고', 제4부 '블랙홀로 사라진다', 제5부 '이제야 새

살이 돋는'다는 5부로 구성된 이 시조집은 70편의 작품이 실려 있다. 18년 시력의 시인 작품 편수치고는 많지 않는 것은 버릴 것은 다 버리고, 그 중에서 또 엄선하고 정선해서 가려 뽑았기 때문이다. 각 부의 구성은 어떤 특별한 주제를 가지고 나눈 것이 아니라 일상에서 느낀 사물과의 대화, 자연과 교감하는 서정시편들, 그리고 살면서 마음 아파한 것들과 마음 한구석에 깊게 자리 잡은 내용의 시편들을 무작위로 배치해 편안하게 읽힐 수 있도록 했다. 그렇지만 각 부 제목이 시사하는 것처럼, 시인이 첫 시조집을 준비하면서 깊은 고뇌 속에 오랜 기간 동안 퇴고해 선보이고 있다는 것을 읽을 수 있다. 아니 18년 동안 시인이라는 마음의 감옥에 스스로 갇혀 수인처럼 가뒀던 작품들을 밝은 세상 밖으로 내보내는 조심스러운 마음과 결연한 의지를 읽을 수 있다. 이처럼 김차순 시인의 첫 시조집 『지금은 부재중』은 아주 각별하다. 18년 동안 창작한 결과물을 정리하는 의미를 넘어 지금까지 입고 있던 낡은 시조의 허물을 벗고, 새롭게 태어나려는 시인의 마음가짐이 시편 곳곳에서 느껴진다. 이제 시편들 속에 새새틈틈 박혀 있는 몇 가지 질문을 공유하면서 시의 행간을 따라가 보자.

2.

그 여자 거울 앞에 다소곳이 앉아 있다
알 듯 모를 듯한 묘한 표정 지으면서
익숙한 손놀림으로 새 화장을 시작한다

메마른 입술 위에 립스틱이 발라지고

봄볕 아침 세상을 그 여자가 걸어간다

살얼음 건너가는 듯 먼 길을 떠나간다

그동안 헛된 것만 채우고 또 좇았던가

비우고 놓아버리는 그것을 알았을 때

거울 앞 또 한 여자가 풀꽃처럼 웃고 있다

ㅡ「거울 속 여자」 전문

　이 작품은 시적화자가 거울 속의 자신을 바라보면서 살아
온 생을 정리하고 성찰하고 있으며, 시간적·공간적인 현실
의 삶이 놓여 있다. 행간의 읽히는 내용을 따라가면, 한 여
자가 "거울 앞에 다소곳이 앉아 있다" 그것도 "알 듯 모를 듯
한 묘한 표정 지으면서" 어떤 큰 결심이라도 한 듯 "익숙한
손놀림으로 새 화장을 시작"한다. 만족스러운 화장이 끝나
고, 마지막으로 "메마른 입술 위에 립스틱"을 짙게 바르고
집을 나선다. 봄날의 따스한 아침 햇살이 눈부시게 쏟아지
고, 바람에 살랑거리는 초록을 동무삼아 산책을 한다. 오전
중 가장 여유로운 시간, 쳇바퀴처럼 돌아가는 일상에서 벗
어나 오직 자신을 위해 투자된 시간, 내면을 더 깊게 들여다
본다. 햇살 속에서 더 선명해지는 기억의 실루엣을 통해 어
떻게 살아왔는지, 왜 살아야 하는지, 삶의 목적이 무엇인지
돌아보고, 미래는 어떻게 살아야 하는지를 고민한다. 어느
순간 찬란하게 빛나던 청춘은 박제되고, 세월을 이기지 못

해 너무 멀리까지 와버린 현재의 삶을 "살얼음 건너가듯" 조심스럽게 징검다리를 건너 과거 속으로 걸어간다. "그동안 헛된 것만 채우고 또 좇았던" 욕망들을 다 "비우고 놓아버"려야 한다는 것을 알았을 때, 거울 앞에서 "풀꽃처럼 웃고 있"는 한 여자를 향해 한눈팔지 않고 살아온 삶이라고 다독인다. 아니 불행하지도 그렇다고 행복한 삶이라고 정의할 수 없는 과거의 삶으로부터 해방을 꿈꾼다. 그래서 다시는 되돌아 갈 수 없도록 촘촘하게 울타리를 치고, 자신이 믿는 눈물까지 바치면서 어둠의 긴 터널에서 탈출해 자유로운 영혼이 되고자 한다. 이처럼 김차순의 시편들은 삶에 대한 구체적 문제 제기와 함께 그 해답을 나름의 방식으로 모색해 나간다. 삶이 과거에 지배당하는, 그래서 모든 개인의 운명이 결정되는 생의 의미를 찾는 시인의 마음은 허허 벌판이다. 그 벌판에 쏟아지는 달빛이 외롭고 처량하고 소름이 돋아나는 그 추위와 공복감은 시인에게 특별한 은총이다. 세상의 춥고 배고픔과 나의 춥고 배고픔은 내 말들의 춥고 배고픔의 경계를 지우는 곳에서 자아는 타자가 되고 공적 자아가 되어 새롭게 태어나기 때문이다.

시인은 「관계-미련」에서 "뗄 레도 뗄 수 없는 내 안의 적이 많아" "날마다 밑줄 긋는 미련이란 단어들이" "눈물일까 너무 두려워/미필적 고의를 묻는/너와 나의 비거리"라면서 스스로 사회성의 부재를 인정한다. 사람을 멀리하고 세상을 밀어내는 이유는 사람마다 다르지만, 시인은 자괴감을 떨쳐버릴 수 없어 한때 사람을 멀리하고 세상을 적대시하며 살아온 것이다. 이러한 삶을 살 수밖에 없었던 이유는 「빈곤, 다시 찾아온」에서 생생하게 전달된다. "가벼운 외투 주머니" 속에 동전 뿐인 시적 화자는 역사의 플랫폼에 앉아 있다. 어느 사이 붐비던 역사는 모두가 제 갈 길을 가고 텅 비어버렸다. 순간 "온몸을 관통하던 고요만이 살아오고" 멀리 "후미진 가로등 불빛 소낙비에 젖는" 모습을 처량하게 바라본다. "멀미 난 세상살이 숨죽여 울던 그때/지상의 회오리 바람 허공을 차"올랐던 그 순간이 떠오르자, 텅 비어버린 역사 플랫폼의 고요가 무섭고, 비에 젖은 가로등이 처량한 자신의 모습으로 환치된다. 그렇다. 어느 한순간 누리던 것을 모두 잃어버린다는 것은 마른하늘에 날벼락처럼 충격적이며, 막장까지 가보지 않는 사람들은 그 마음을 헤아리지 못한다. 법 없이도 살만큼 그 누구에게 악한 짓을 하지 않고 남들만큼 베풀고 살았는데, 고통과 시련이 왜 나에게만 닥칠까 세상을 원망하게 되는 것은, 사람에 대한 배신감을 맛보지 않는 사람이라면 그 고통을 이해할 수 없다. 시인은 "반칙이 반칙을 낳는 절망의 끝을 보며/등 돌린/사람과 사람끼리/산출하는 그 일들"을 보면서 "핏대 세워 말"하는 "헤게모니"(「외면」) 앞에 무너져내란 것이다.

또 시인은 사유의 내시경으로 들여다 본 「어느 하루」, "사람이 또 사람을 아프게 한다는 것"은 "죽기보다 더 힘이 든 사람과의 오랜 단절"이라면서 "죽음의 의식 속에 잠깐 잠을 잔 것"이라고 표현한다. 인간관계나 사회관계 속에서 아픔을 잊기 위해 스스로를 유배하고 감옥 속에서 살았다는 사

실을 고백하고 있다. "사는 날/뼛속까지 파고드는 오한"이
든 날이면, 「바람의 언덕」에 서서 견고한 "성처럼 쌓아 올
린" 것들을 버리는 것이 아깝지 않을 때, "불기둥 그 길을 가
며 지난날을 돌아본다." "평안이 기쁨이라" 믿고 세상 소리
에 "담담히 두 귀 모으고" 소통의 소리를 듣고자 마음의 문
을 연다. 그리고 길을 "가다가 힘이 들면" 그리운 사람들의
얼굴도 떠올리고, "좋았던 기억들을" 생각하면서 "오늘 또
사랑의 완성 길 위에서"(「그 길을 가다」) 또다른 자신을 만
나기를 희망한다. "부표 같이 떠돈 마음 화농진 그 자리에//
생살이/차오르도록/모든 것 쏟아내"(「짝사랑」)면서 "가슴
뼈 돌돌 말아 한 뼘 한 뼘 길을 내고//단단한/갈등을 풀어"
(「등나무를 보며」) 보랏빛 삶을 피워내기를 갈망한다. 아니
단풍이 드는 한낮, 절정의 가을 「햇살 아래서」 "내 딛는 발
걸음마다 밑줄을 긋고 싶"어진다. 내 안의 적을 다 물리치
기 위해 자신을 용서하고, 세상에 대한 적의를 사랑으로 바
꾸고 싶어 한다.

　　문을 닫았다가
　　그 문을 또 열었다
　　문을 닫았다 열고 또 문을 열고 닫았다
　　바람이 소리를 내고
　　그 소리가 귀를 연다

　　눈을 감았다가

감은 눈을 다시 뜬다
떴던 눈 감았다가 감았던 눈을 뜬다
길마중 눈의 길 따라
많은 길이 펼쳐진다

가까이 더 가까이
보일 듯 들리는 듯
문 열고 눈을 뜨고 꽉 막힌 귀를 열 때
세상의 담이 헐리고
마음속에 길이 난다

— 「눈과 귀」 전문

　‘문’과 ‘눈’은 인간과의 소통, 세상과의 소통을 의미한다. ‘문을 닫는 것은 인간과 세상과의 단절이요, 문을 여는 것은 소통이다. 그리고 눈을 감고 외면하는 것은 보고 싶지 않는 것을 보지 않겠다는 것이요, 눈을 뜨는 것은 그 어떤 것과도 눈을 맞추고 소통하겠다는 의미이다. 그러나 시인은 세상과 쌓은 담을 헐고 세상 사람들과 마음의 눈과 문을 열기까지 눈을 감았다 다시 뜨기를 수없이 반복한다. 그리고 눈을 감았다 뜨기를 수없이 반복한 끝에 굳게 닫힌 마음을 문과 눈을 열게 되면서 “바람이 소리를 내”는 것을 듣고, “그 소리가 길을 낸다”는 이치를 깨닫고, 눈을 뜨면 더 “많은 길이 펼쳐진다”고 말한다. 그리고 마침내 “문 열고 눈을 뜨고 꽉 막힌 귀를 열”면 “세상의 담이 헐리고/마음속에 길이 난다”는 것을 깨닫기까지, 시인이 세상과 소통하기 위해 얼마나 많은 시간을 어둠 속에서 버텨왔는지를 알 수 있다. "정지된 그 시간은 말을 하지 않는" 것처럼 "생각이 겹쳐진 대로/마음이 주어진 대로/모른 척/접었다 펼쳤다/산다는 게 그런" 것이라며 "스치며 지나가듯 생각할 일 참 많아도/잊으면 잊은 대로/잊히면 잊힌 대로" 세상의 아픔들이 「블랙홀」로 빨려들어가기를 바란다. 이처럼 시가 모든 말들에서 그 조건반사의 습관을 지우고 그 순결한 울림만을 남겨놓을 때 개인적이건 역사적이건 완성되거나 완수될 수 없었던 것들의 온갖 한은 제 응어리에서 풀려나와 세상과 소통하면서 새로운 삶의 꽃을 피워낸다.

3.

시인이 고향 마산을 떠나 새로운 삶을 시작한 서울, 도시 생활은 물질적으로 풍요롭고 은폐물과 엄폐물이 많다. 그것은 삶의 숲이며 정글이며, 그 안을 걸어가는 그곳은 사막이다. 시인의 시적 감각이 미학적 권리를 얻는 것도 그곳이며, 상처 입은 감각이 시로 태어나는 것도 이때이다. 그렇기에 문학 속의 삶과 현실의 삶은 사람들이 서로 관계를 이루고 살아가는 것이기에 문학 속의 삶은 현실의 삶을 재구성하게 된다. 이때 문학 속의 삶은 현실 속의 삶보다 더 구체적이며, 현실의 삶과 전혀 관계가 없는 것은 문학 속의 삶이 될 수 없다. 그래서 시인은 덧난 상처를 아물게 하기 위해, 그 상처로부터 자유로워지기 위해 오래 된 상처와 동행하며 추억이 있는 고향을 찾는다. 나의 과거가 있는 곳이며, 일정한 형태로 형성된 하나의 세계이기에 '고향'은 누구에게나 다정함과 그리움과 안타까움이라는 정감을 가져다준다.

붉은,
고요가 흐른다
아득한 탯줄의 기억

한가득 별무리가 바다 위에 쏟아질 때

날마다
만삭의 배를
풀고 있는 합포만

기억의
저 편에서
피어나는 풀 꽃 별 달

아이가 어미 되어 한 문장을 완성 시킨

뜨거운
그리움들이
심장으로 수혈된다

—「봄꽃 환한 날에」전문

이 작품은 생물학적인 고향과 지리학적인 고향을 동일시한다. 첫 수 초장의 "붉은 고요가 흐"르는 "아득한 탯줄의 기억"은 생물학적인 고향을 지칭하며, 종장의 "날마다/만삭의 몸을/풀고 있는 합포만"은 지리학적인 고향을 의미한다. 그러나 둘째 수 "기억의/저 편에서/피어나는 풀 꽃 별 달"은 고향을 대표하는 이미지로 타향에 살면서 항상 그리워하는 상징물이다. 그래서 시인은 이것들이 어린아이를 어른으로 키웠다고 말한다. "아이가 어미"가 되는 동안에도 합포만은 날마다 새로운 것들을 낳고, 기쁘고 슬프고 무서운 것들이 시간이 지나면서 하나로 뒤범벅되어 고향이라는 "한 문장을 완성 시"킨 것이다. 어느 날 들숨과 날숨을 느끼며 생명의 내 고향이 그리워지면 "뜨거운/그리움들"은 화자의 "심장으로 수혈" 되어 마침내 어머니와 고향은 하나가 된다. 이때 시인에게 고향은 공간, 시간, 마음이 모두 하나가 되어 여러 가지 비유나 은유를 통해서 표현된다.

돌아가야 한다는 당위와 갈 수 없다는 현실의 간격 속에 존재하는 고향은, 시인의 마음이 허하거나 외로울 때 혹은 어머님이 보고 싶을 때면 "어미의 젖가슴 같은" 마산만을 찾는다. "만조로 출렁이는" 마음을 둘 데 없을 때면 "섬처럼 외로워지는 파도 소리를" 듣기 위해 「마산灣」을 찾고, 두월동 골목길에 어스름이 내리면 "걸쭉한 막사발에 넘쳐나는 7080 가락에"(「韓탁배기」) 취해 불콰해지는 합포 바다 사람들을 만나기 위해 고향을 찾는다. 이처럼 "사는 날/뼛속까지 파고드는 오한 같은//바다의/천둥 소리 훔쳐 온 기억의 저편"에 "아무도/흔들 수 없는 시간의 꽃"을 피우는 「바람의 언덕」에 서기도 하며, 가포바다 언덕 위 대청마루 풍물패 북채가 있는 고풍스러운 찻집에서 단풍차를 마시며 "해안선 파도들이 밀려 왔다 밀려가는"(「가포, 샹송이 흐르는」) 것을 바라보면서 청춘을 돌아보기도 하고, '이브 몽땅'이 불렀던 샹송 〈고엽〉을 들으면서 깊어가는 가을밤을 음미하기도 한다. 그리고 마음이 허허로운 날 사람이 그리울 때나 추억을 만나고 싶을 때면 "천년의 자존심을 꿋꿋하게 지켜내 온" 가포만을 찾아 "옛 바다를 안고 사는 가포 사람 인정"(「가포, 계절이 바뀌면」)을 만나고, 하얀 이마를 드러내며 밀려오는 밀물에 합류되어 물비늘처럼 반짝이는 젊은 날의 추억을 만나기도 한다. 그러나 시인에게 고향은 아름다운 추억이 있고 그리움만이 있는 것은 아니다. "그 아픔/말로 못 할/상처를"(「상처」) 준 곳이기도 하지만, "숲의 자궁 속에 모여 살던 풀잎들이/난장 치며 놀고 있는 아득한 바람의 끝/그 모든 경계를 뚫고 내 유년이 자"(「문득, 그립다」)란 땅이기도 하다.

백 년을 산 모과나무 앞세워 끌고 가던
15년 전 홀연 떠난 십이월 이십오일
육남매 족쇄를 풀고 소지처럼 날아갔다

모로 세워 돌려야만 들리던 낮은 소리
'푸른 하늘 은하수 하얀 쪽배'는 없고

중저음 목소리 꺾인 바람만이 아득하다

마지막 순간까지 말로 못한 눈빛 언어

한 생이 고이 담긴 텅 빈 유리 항아리에

옛집의 주인은 없고 그 지문만 살아온다

                                    −「사라진 지문-유언」 전문

  이 시의 모티브는 "시댁 앞마당에 일백 년 넘는 모과나무"
와 해마다 모과차를 담가 겨울을 나시던 시어머니로, 한마
디 유언도 없이 운명하신 지 15년째 되는 해, "그 옛집의 주
인은 이제 가고 없"는 시어머니를 위한 헌정시다. 시인과 시
어머니의 사이에 고부 갈등이 있었는지는 알 수 없지만, 시
인도 자식을 낳고 어느덧 시어머니의 나이가 되어 자식들을
출가시키고 비로소 깨달은 것들을 가감 없이 표현한 시로,
행간의 깊이를 읽지 않더라도 어떤 마음으로 창작했는지 쉽
게 읽힌다. 좋은 시란, 깊이 있고 어려운 시어를 사용하는
것이 아니라는 증명을 해준다. 시인의 마음과 독자가 공감
할 수 있는 영역에서 벗어나지 않고, 시인의 감정을 진솔하
게 표현하는 시가 바로 독자와 소통하는 경계이리라. 그리
고 「본향으로-친정어머니를 여의고」에서는 어머니에 대한
애틋한 시인의 마음이 표현된다. 시적화자가 기억하는 어
머니는 "단아한 풀빛 적삼 곱게 차려 입"은 어머니다. "늦둥
이 막내"의 눈물을 닦아 주던 어머니가 "이슬처럼, 바람에
눕는 풀처럼/가을빛 하늘 길 따라 약속처럼 가셨"을 때, 시

인은 어머니의 빈자리를 느낀다. 평소 가까이 있을 때는 알지 못했던 것들, 사랑 받고 있으면서도 그 사랑을 깨닫지 못한 죄스러움이 한꺼번에 밀려와 시인의 마음을 흔들어 놓는다. 어머니가 떠나면서 힘주어 했던 말, "잊어라 잊으라고 또 잊어라"던 그 말이, 시인의 마음에 천근처럼 얹혀 한동안 먹먹했을 것이다. 살아생전에 잘 사는 모습, 좋은 모습을 보여주지 못해 눈 감는 그 순간까지 아픈 손가락이 되었다는 자책감을 떨쳐버릴 수 없어 "그 목소리 살아 와서/그리움 흔적을 따라 한 산맥을 넘었다"라고 고백한다. 어머니에게 자식은 눈에 넣어도 아프지 않고, 안 보이면 눈에 밟히는 존재이다. 특히 늦둥이로 태어난 시적화자에 대한 어머니의 사랑은 남달랐을 것이다. 그래서 어머니가 그리울 때면 어릴 적 기억들이 새록새록 살아나 시인의 그리움을 더 짙게 만든다. 외출할 때면 종종걸음 앞세워 걷던 일, 집에 이르는 골목길을 손잡고 걸었던 기억들이 새록새록 살아나 그리움을 더한다. 그래서 혹여나 어머니 목소리를 들을 수 있을까 싶어 골목길을 걷고, 귀 기울이면 행여나 어머니의 목소리가 들릴까 싶어 "애틋한 눈빛으로 작은 입술 실룩이며" "엄마를/'오롬마'(「오롬마」)라 부르고 싶고, 그 그림자라도 안고 싶어 하는 것이다.

그리고 「마른 잎 편지」에서는 아들에 대한 애틋한 사랑을 표현하고 있다. 어느 날 시인은 서랍 속 봉투 속에 고이 간직한 아들의 탯줄을 발견하면서 먼 기억의 강을 거슬러 오른다. "뼈와 살 젖줄 감고 큰 울음을 터트린 날/너와 나 눈맞춤이 아직도 선연히 남"았다면서 자신에게로 와준 아들에 대한 무한한 감사의 마음을 표현하면서, 장성한 아들이 "세상과 마주 서며 걸어가야" 하는 그 길이 평탄한 길이었으면 하는 바람을 담고 있다. 세상의 모든 어미는 자식이 원하면 죽음까지도 내주는 것이기에 "첫 정의 부푼 꿈에 모든 것다 주고도/마음은 늘 허전"했다는 어미의 마음을 담아내고 있다. 그런가 하면, 딸의 결혼을 축하하는 어미의 간절한 마음을 담아낸 「8월의 신부」는 "네가 지금 내 딛는 한 걸음 한 걸음이" 축복의 길이라면서, 새로운 삶을 걷는 딸을 위해 어미의 간곡한 바람을 담아 "세상과 소통하는 희망의 빛이 되고/날마다 행복을 짓는 꽃길만을" 걷기를 기원한다. 그리고 「아가야!」에서는 외손자들에 대한 무한한 사랑을 담아내고 있다. 이처럼 시인은 가족에 대해 언제나 돌려 말하지 않고 직설법으로 말한다. 날것의 말을 내뱉고 돌려받는 관계도 가족이요, 의지하고 싶은 가까운 사이가 가족이며, 서로에게 상처를 주는 존재가 가족이기도 하다. 하지만 시인에게 가족은 그리움이며 기쁨이며 사랑으로 승화된다.

4.

김차순은 오래 전부터 기독교를 받아들였고, 그 말씀들을 시 속에 담아내기 위해 자신과 세상 사이에 걸린 팽팽한 끈을 놓아버린 적이 없다. 한때 깊은 정신적 위기를 맞았던 그가 "평생 헛걸음으로 살아온 서러운 생애"를 잊기 위해 "시편의 말씀들"(「권태기」)을 육필로 베껴 쓴 것도, 한계를 극

복하기 위해 힘든 마음공부를 끈질기게 한 것도 마음의 상처를 치유하기 위해서일 것이다. 김차순이 시를 통해 추구하고자 하는 것들이 평범하고 시의성에서 멀어진 것 같지만, 삶에 대한 반응과 정서적 분출이 매우 생동감 있게 느껴진다. 그 이유는, 인간은 불완전한 존재이며 항상 존재의 불안 속에서 살고 있다는 인식에서 문학과 종교를 통해 삶의 문제를 고민하기 때문이다. 시조집의 표제작인「지금은 부재중」을 보자.

듣는 것 보는 것도 긍휼히 말하는 것도
미혹에 이끌려 산 후회뿐인 약속의 말씀
아직은 때가 아니다
회개하고 회개하라

하루가 천 년 같고 천 년이 하루 같은
지금은 부재중인 어둠 같은 나의 존재
때 되어 드러낼 날이
새벽처럼 오리라

듣는 것 보는 것이 말하는 것 하나로 풀려
얽힌 것 설킨 것들 내 안에 물로 스밀 때
하늘이 큰소리로 울고
이 땅 위에 드러나리

—「지금은 부재중」 전문

이 작품의 모티브는 '베드로후서' 3 : 8~9절이다. '지금은 부재중'이란 시제의 의미는 "하루가 천 년 같고 천 년이 하루 같은" 구절에 근거하고 있다. 주님은 오래 참고 기다리기에 어느 순간 때가 되면 예상하지 못한 시기에 도둑처럼 살며시 우리에게 임한다고 말한다. 비록 현생이 "듣는 것 보는 것도 궁휼히 말하는 것도/미혹에 이끌려 산 후회뿐인" 날들이지만, "지금은 부재중인 어둠 같은" 존재이지만, 언젠가는 "때 되어 드러낼 날이/새벽처럼 오리라"고 믿는다. "듣는 것 보는 것이 말하는 것 하나로 풀려/얽힌 것 설킨 것들"이 내 안의 물로 스며들어 "하늘이 큰소리로 울고/이 땅 위에" 그 형상을 드러낼 것이라고 믿는 시인은 종교가 살아 있는 인격으로서 절대적 실재와의 만남에서 성립된다는 예를 보여준다. 종교가 믿음과 구원으로서의 피안의 초월적 세계와 가깝다면, 문학은 삶이 뿌리 내리고 있는 현실과 현실 속에서의 삶이 겪는 갈등을 다룬다는 점에서 차안의 현실적 세계에 가깝다는 것이다. 따라서 종교라는 영역이 허구라는 문학적 장치를 통해 형상화 되어질 경우, 그것은 단순한 감동의 차원을 넘어서 불안과 무력감으로 고통 받는 한 인간의 생에 어떤 신성성을 확보할 수 있게 해준다.

한낮 뙤약볕 아래
너는 나의 아바타

내 안에 너를 품고 불같은 사랑할까

절정의 끝에 다다른

한 포옹을 보고 있다

외발로 일어설까

두 팔로 안아줄까

성스럽고 아름다운 노부부의 늙은 생애

허기진 지독한 사랑

오열하며 끓고 있다

―「어떤 체위-포옹」 전문

극사실주의 조각가 마크 시잔(Marc sijan)의 〈포옹〉을 시
화한 작품이다. 이 작가는 사회와 인간에 대한 이질적이고
냉정한 관계를 비판적인 시선으로 표현하고, 섬세하고 사실
적인 묘사로 냉혹한 세상을 향해 인간의 존엄성을 알리고
있다는 평가를 얻고 있다. 〈포옹〉은 부부가 알몸인 채로 온
전히 서로에게 의지해 부둥켜안고 있는 모습이다. 그 표정
은 사랑하는 사람과의 포옹이지만 표정이 마냥 행복해 보
이지 않는, 불안함을 포옹으로 해소하고 싶은 마음처럼 보
이는 작품이다. 그래서일까? 시인은 사회와 인간의 이질적
인 관계를 통해 보여준 작가의 따뜻한 시선이 가슴으로 전
이되어 시로 썼다고 밝히고 있다. 이처럼 시인은 예술가의
삶과 사랑, 작품을 통해 많은 것을 이야기한다. 모든 삶이
사는 것만큼 폐허화하는 이 시대의 불행을, 시인은 예술가

들의 삶과 예술의 힘이 이 시대를 사는 사람들에게 위안을 주고 있다고 말한다. 예술가의 삶이나 작품을 재해석한 작품들로는 반 고흐의 충실한 지지자였고, 죽을 때까지 재정적 지원자였던 동생 테오와의 형제애를 시로 승화시킨 「테오의 사랑」, 슈만이 사랑하는 아내 클라라를 위해 작곡했던 「라인교향곡」을 통해 진실한 사랑을 표현해 내고, 「네 통의 편지」에서는 고흐, 고갱, 샤갈, 모차르트의 작품 세계를 그려내고 있다. 그리고 갤러리 두모악을 방문한 시인은 「다시 만난, 의자」를 통해 가난과 고독 속에서도 제주도의 들과 구름, 오름과 바다, 나무와 억새 등의 자연 풍경을 소재로 수많은 사진 작품을 남긴 사진작가 김영갑의 작품 세계와 생애를 엿보고 있다.

5.

김차순의 『지금도 부재중』의 시편들은 시인이 살아 왔던 이야기나 살아가는 이야기가 주를 이룬다. 주변에서 일어나는 일상의 사건들과 거기에서 야기되는 복잡다단한 문제들을 미적 감성으로 보다 의미 있는 것으로 부각시키고, 형상화를 통해 시로 수렴하고 있다. 이 때 인간의 현실이나 삶에 대해 궁극적인 주장을 하는 것이 아니라 여러 문제를 깊이 참여시키면서 본질적인 물음을 묻고 답을 찾아간다. 과거와 현실의 삶을 보듬어 안기 위해 높은 지점에서 선지자의 목소리를 낼 때도 있지만, 우리의 이웃이 되어 우리가 미처 깨닫지 못했던 사소한 일들의 의미와 가치를 친근하게 속삭여준다. 일상의 사소한 것을 내버려두지 않고 각각의 의미를 찾고, 삶과 죽음의 문제에 어떠한 관련이 있으며, 궁극적으로 풀어야 할 삶이라는 난제의 해법을 끊임없이 되묻는다. 이처럼 김차순의 시조는 읽는 이의 마음을 편안하게 해준다. 사물을 주관적으로 해석하거나 윤색하는 것을 피하고, 사물의 입장에서 서술하려는 마음의 토대 위에 형성된 사유를 호소력 있게 전달하려고 한다. 사물에 대해 고도의 집중력을 발휘하여 뛰어난 관찰과 묘사를 행하기도 하고, 활달한 상상을 동원하여 사물의 내면을 탐색하면서 인간의 삶과 현실에 대한 반성을 유도한다. 어찌 보면 당연한 이야기를 끌어와 색깔을 더하여 감정을 끌어올리는 긍정을 전하는 메시지를 극대화해 아주 작은 부분일지라도 마음을 덥혀 놓고 눈물이 글썽거릴 때까지 삶의 지평을 넓혀가는 말의 곡진함을 더한다.